Mein geliebter Gaming-Freund ist mein fieser Boss?! Σ(•口•)

Nmura

AF625828

Inhalt

Wahrscheinlich,
Shirase und ich sind irgendwie in eine Beziehung geraten.
Eifersucht ist da normal ...
... zusammenwohnen und so.
Auf meinen Vorschlag hin sind wir zusammengezogen.
Mittlerweile ist ein Monat ins Land gezogen, ohne dass es große Probleme gab.
#20
Ich habe mich sogar schon daran gewöhnt ...
... im Alltag über Shirases Sachen zu stolpern.
...
PIEP
SCHA BABBA BABBA
SCHA BABBA BABBA
HM ...
Irgendwie ist das Ganze ...
... viel entspannter als erwartet.

BATAMM
Danke fürs Wäsche-machen.
Klar.
Ich hätte nichts dagegen, wenn das Ganze mehr nach Pärchen-alltag aussehen würde.
Was möchtest du heute zum Mittagessen haben?
Gerade weil unsere Beziehung jetzt diesen Raum einnimmt, will ich sie gerne auf die nächste Ebene bringen.
Shirase denkt sicher genauso. Be-stimmt!

* Schnell zubereitetes Nudelgericht aus fadenartigen Nudeln. Wird meist kalt gegessen.

BEI-SPIEL #1
Morgen ist unser Dreimonatiges.
DAS WAR ECHT ZUM SCHIESSEN VOM ABTEILUNGS-LEITER!
Hashi-moto.
Ja?
Wünschst du dir irgend-was?
Wünschen? Ähm ...
Äh ...
Die neue Waffe, die gestern ge-addet wurde ...
... viel-leicht?
Ich glaube, die ist aus der Götterreihe? Die Doppelschwerter haben so gute Stats! Sie vereinen die guten Aspekte von Wind- und Wassergottheit. Bei der Haltbarkeit muss man Abstriche machen, aber für einen schnellen Angriff ist das wohl die beste Option. Wenn ich zwischen Haben oder Nichthaben wählen müsste ...
GRÜBEL
GRÜBEL
GRÜBEL
TODERNST
Aber ich glaube, mit jedem Clear steigt der Schwierigkeits-grad, oje ... Könnte mir vor-stellen, dass es ein Must-have wird. Wenn es mit der Rute aber einen Wiederbelebungs-Skill gibt ...
GRÜBEL
GRÜBEL
GRÜBEL
GRÜBEL
GRÜBEL

BEI-
SPIEL
#2
GUTEN MORGEN!
Ähm, Shirase?
ZURR
Ich wollte heute gerne auch mal joggen gehen!
Klar, warum nicht?
STRAHL
Yay, zusammen joggen!
Meine Route wäre noch zu viel für dich, aber ich kenne eine Strecke, die du auch als Anfänger bewältigen kannst.
Du läufst bis zum XX-Park und dann weiter an der Küste entlang ...
Hast du eine Karte?
Schon gut, hab's verstanden.
Übernimm dich nicht!
BIS DANN.
...
TAPP TAPP TAPP TAPP TAPP TAPP
TAPP
TAPP
TAPP

Es geht kein Stück voran!
Kann das so schwer sein, als Pärchen was Pärchen-mäßiges zu machen?
GATSCHACK
ZUCK
TSCHACK
Willkommen zurück, Shirase!
Abend.
BTAMM
In letzter Zeit kommst du recht spät nach Hause.
Wir besprechen momentan ein neues Projekt ...
Ach so ...
Wenn ich irgendwas für dich tun kann, sag es bitte, ja?
Mach ich.
Morgen werde ich aber früher heim-kommen.
Oh, wirklich?

Lass uns den Raid morgen gemeinsam angehen.
Lass uns gemeinsam essen gehen.
RAID: KAMPF, DEN MAN NICHT ALLEINE BEWÄLTIGEN KANN UND DER DESWEGEN IN KOOPERATION MIT MEHREREN SPIELERN ANGEGANGEN WIRD.
Essen! Wir gehen essen!
...
Nein.

Machen wir morgen den Raid.
ICH HOLZ-KOPF!
Ähm, Shirase, ich ...
Essen gehen können wir auch nächste Woche.
Raids gibt es nicht alle Tage.
Okay ...
Ich geh mal baden.
Äh, ja. Ich mache das Abendessen warm.
Danke dir.
Mir ist bei so was echt nicht mehr zu helfen ...
DEPRI
...
Hashi-moto.

Äh ...
... ja?
TAPS
TAPS
?
SCHMATZ
Ich finde gerade das ...
... so putzig an dir.
Mach dir keinen Kopf.

TAPS
TAPS
Wa… …
War daran jetzt irgendwas putzig?
Danke, war sehr lecker!
HANAKAWA-
KLATTER
Ich hab noch Zeit zu zocken, bis ich zurück an den Schreibtisch muss!

VERWIRRT
VERWIRRT
…

Entschuldigung ... wohin möchten Sie denn?
SCHLEICH
WUPP
Hö?
Der hätte doch auch ohne mich genug Hilfe bekommen ...
ÄHM
Oh, würden Sie mir helfen?

Ja, in der Gegend kenne ich mich ganz gut aus.
Oje ...
Wah!
Puh, ein Glück!
Ich möchte zum XX-Gebäude.
Was?
Meinen Sie das von der XX-AG?
Ja, genau!
Ich bin auf dem Weg dahin, also kommen Sie ruhig mit ...
ECHT JETZT?
Was? Wunder-bar!
Vielen Dank für Ihre Hilfe!

Klar.
WEDEL WEDEL
Sind Sie dort angestellt?
Ja, tatsächlich.
Und Sie?
Ich arbeite auch für die Firma!
-Thailand-
Aber ich war bis gestern noch in der Zweigstelle in Thailand eingesetzt.

In Thailand?!
JA!
Aber jetzt bleiben Sie in Japan?
Japp, genau.
Bin gerade frisch zurückge-kommen.
WOAH ...
Heute Vormittag hatte ich mit der Ummeldung und allerlei anderem Papierkram zu tun.
Ah, stimmt, so was muss man dann ja auch machen ...
Da inzwischen weniger los sein müsste, wollte ich mich mal in der Firma blicken lassen.
OKAY ...
Und meine Mitbringsel übergeben!
STR
AHL

Kaum ist er im Lande, will er wieder in die Firma? Wer macht so was?
Moment ...
Heißt das, Sie waren auch schon mal im Hauptsitz angestellt?
Ja!
Aber Sie haben sich doch verlaufen ...
Ich weiß, wie ich von meiner Wohnung aus dahinkomme.
Aber da ich vom Bürgeramt losgegangen bin, wusste ich plötzlich nicht mehr, wo unten und oben ist!
WOHNUNG
WEISS ICH!
WEISS ICH!
?
FIRMENSITZ
BÜRGERAMT
TEHE ...
Komplett orientierungslos also.
WIE HAT ER THAILAND ÜBERLEBT?

Hach, die Firma sieht aus wie immer!
Danke, dass Sie mir geholfen haben!
Nehmen Sie das hier als Geschenk!
RASCHEL RASCHEL
DRÜCK
Vielen Dank.
TÜDELÜ!
Bis bald!

TRAB
TRAB
VERLASSEN
...
DRIED MANGO
Oh ...
Ich hätte ihn nach seinem Namen fragen sollen.
Was soll es heute zum Abendessen geben?
SCHWEIN?
NEIN. LIEBER HÜHN-CHEN ...
MACHT ÜBERSTUNDEN
TAPPS
TAPPS

Oh!
Der nette Mensch von heute Mittag!
Haben Sie Schluss?
So schnell sieht man sich wieder ...
Ja, hab ich.
VERBEUG
WAS FÜR EIN ZUFALL.
Ich fange nächste Woche auch im Hauptsitz an.
Dann sehen wir uns vielleicht auf der Arbeit!
Dann schönen Feierabend!
Vielen Dank.

Ähm ... Sie sind ... wahrscheinlich schon länger als ich dort angestellt, oder?
Tatsächlich. Ich arbeite seit sechs Jahren in der Firma.
Wie viele Jahre arbeiten Sie denn dort?
Ist jetzt mein drittes Jahr.
Also hat er gleichzeitig mit Shirase angefangen ...
Dann bitte ich darum, dass wir uns duzen!
Auf gute Zusammenarbeit.
Ebenso, vielen Dank.
Irgendwie ...

… kriege ich bei dem Typ ein Déjà-vu.
Ähnelt er jemandem, den ich kenne?
Ach ja, ich würde dich gerne etwas fragen.
ABER WEM?
Kennst du die XX-Filiale vom 8Mart?
Ja, wenn du die suchst, die ist gleich hinter dem Bahnhof …
Wenn du magst, zeige ich sie dir. Sie liegt auf meinem Nachhauseweg.
UND ICH WOLLTE DA EH VORBEI.
Was, schon wieder? Mensch, ich Glückspilz!
Danke schön!

Mart
Gern.
Dann frage ich ihn auf dem Weg nach seinem Namen.
SCHWÄRM
Hach, ich war so lang nicht mehr in einem Konbini!
Er strahlt wieder so.
BLABLA
BLABLA
BLABLA
Er hat mich den ganzen Weg über zugetextet, ich konnte nicht mal den Mund aufmachen, geschweige denn ihn nach seinem Namen fragen.
SUCH
SUCH
...

Na ja, bei der Arbeit werde ich schon irgendwann mitkriegen, wie er heißt ...
Hm?
KUMADA
Hashimoto! Guten Abend.
Guten Abend, Kumada!
Bist du auf dem Heimweg von der Arbeit?
Ja!
Wie geht es dir denn? Du bist doch an der Uni, oder?
Na ja, es läuft halt, wie es läuft.
SCHÖNEN FEIERABEND DANN.
DANKE!

Du musst dein Studileben genießen!
Ja, ich versuch's.
DANKE. LOL.
Damals in meiner ersten Woche an der Uni hatte ich noch gar keine Freunde.
Ich hätte jeden Abend heulen können, weil ich mir Sorgen gemacht habe, dass ich mich nie an diesen neuen Alltag gewöhne.
LETZTENDLICH WAR DAS ABER GAR KEIN DING!
Was?
Ich wusste nicht, dass du auch so eine sensible Seite an dir hast ...
KOMMT UNERWARTET.
Ohaaaaa?
Und du kannst so was mittlerweile offen ansprechen!
Haha ...
NICHT SCHLECHT!
KLÖSSE

Hashimoto, wenn ...
... du magst, wie wäre es bald wieder mit einem IRL-Tre...
Reeeeeeen!
Hä?
Was?!
Wir haben uns das letzte Mal gesehen, als ich im Urlaub zu Hause war ... also ist das jetzt zwei Jahre her?
Wie geht es dir denn? Bist du etwa schon wieder gewachsen?

Hä? Was machst du denn jetzt hier ...
Ich hab mir von Mama sagen lassen, dass du jetzt hier jobbst!
Und sag bloß ...
... ihr beide kennt euch schon?!
Ähm ... wir sind Freunde.
WOAH!
Wirklich?! Die Welt ist ein Dorf!
Aber wie habt ihr euch kennengelernt?
GRAB
SCH
?!

Danke, dass du dich so lieb um mein Brüderchen gekümmert hast!

Japp, den hier mein ich!
Tch ...
Ich bin sein großer Bruder, Atsushi Kumada!

Jetzt weißt du's!
LÄCHEL
Hä?!

#21
Hast du einen Schwarm, Ren?
GRINS
GRINS
?

GATSCHACK
Schließ die Tür ab, wenn ich gegangen bin, ja?
Warte bitte! Du wolltest doch heute bei mir übernachten!
GRABB
Nicht, wenn ich über mein Liebesleben quatschen muss.
Wie?!
Aber ...
... ähm ...
... ach so!
ZUCK
Meintest du nicht, es gäbe da ein Trekkingrad, das du gerne hättest?

Dein Bruder gibt dir 50.000 Yen* dazu.
!?
Fünfzigtau...
KWIEH
BATAMM

* ca. 350 Euro

YES!
Dass ich mich von so was verleiten lasse, ist die eine Sache.
Aber dass du echt 50.000 Yen dafür zahlst, um was über mein Liebesleben zu erfahren ...
Ich wollte dir das sowieso zum offiziellen Gedenktag unseres Wiedersehens schenken!
Seit wann gibt es so einen Tag?
Egal, lassen wir das!
Schieß los.
Du hast es nicht direkt verneint, also gibt es da doch jemanden, stimmt's?
...
Den Namen kriegst du aber nicht.

Waaas?!
Sobald ich den nenne, habe ich keinen Verhandlungsspielraum mehr.
Manno!
Ähm, dann sag mal ...
... wie habt ihr euch kennengelernt?
In einem Game.
Einem Game? Also habt ihr euch nicht getroffen?
Doch, bei einem IRL-Treffen.
Ah, verstehe.
Eine hochmoderne Romanze!
KREISCH!
Hm? So was ist nichts Besonderes.
Und wie ist diese geheimnisvolle Person so?
Hm ... Hardcore-Fraktion.
WAAAH!
Sie hat's also richtig drauf?!

Auch beim Job legt sie sich richtig ins Zeug.
Das schätze ich an ihr sehr.
Mich nervt's aber, dass sie mich manchmal so offensichtlich ...
... wie einen Jüngeren behandelt ...
Sie arbeitet also schon?
Ja.
Hach ...
... ich habe ...
... das niedlichste Brüderchen auf der ganzen Welt!

Wie einen kleinen Bruder, meinst du?
Nicht immer, nein.
Aber manchmal spielt er sich echt wie ein Bruder auf ...
Es ist ein Typ?!
DEIN SCHARM?
Deswegen wolltest du mir den Namen nicht sagen?
Nein, also ... ach, Scheiße!
Boah, nee ey, ich erzähl dir gar nix mehr!

Okay, nur noch eine Sache!
Bist du etwa schon mit ihm zusammen?!
Gar nix sag ich!
Ich geh ins Bad, und dann hau ich mich aufs Ohr!
Was, jetzt schon?
Es ist erst neun!
BATAMM
Ren ...
Mist ...
PLUMPS
Ich hätte es anders angehen müssen!
Wieso sträubt er sich so dagegen, den Namen zu nennen?
...
Ist es etwa jemand, den ich kenne?

Wenn sie sich bei einem IRL-Treffen kennengelernt haben, ist es niemand, den ich ihm vorgestellt habe ...
GRÜBELZEIT ...
WAHRSCHEINLICH EHER JEMAND VON DER ARBEIT ALS AUS DEM FREUNDES-KREIS. ODER?
HM ...
NEIN ...!
MITTAGSPAUSE
Mission clear
Oh!
Ich hab das Tutorial geschafft, Hashimoto!
Gut gemacht!

Kannst du in das erste Waldgebiet kommen?
Okey-dokey!
aaaaa
FWUMM
Surimi
DA BIN ICH!
Die Kumada-Brüder mögen wohl Meeres-tiere ...
Hätte nicht gedacht, dass du mich fragst, wie ein Handyspiel geht!
Ja? Wieso?
Nur so. Ich dachte, du wärst eher der Typ, der in einer großen Runde richtig auflebt!
EXTREM
SOZIAL
Tatsäch-lich?
Ich mag es, unter vielen Leuten zu sein, aber Videospiele eben auch!
Freunde suchen
Freunde
1/20
aaaaa
Online

GESCHWISTERLIEBE!
Außerdem will ich mit Ren über dasselbe Spiel reden und Insider austauschen können!
OKAY ...
Als ich gehört habe, dass auch Shirase das spielt, bin ich noch neugieriger geworden.
Ach so ...
Ich war echt baff, was sich daraus ergeben hat!
GAMING-FREUNDE
Vor allem bei Shirase!
Verständlich ...

So viel hatte ich mit Shirase bisher noch nicht zu tun, daher hatte ich keine Ahnung.
ICH WAR RECHT BALD DRÜBEN IN THAILAND.
Er wirkte halt nicht so, als würde er außerhalb des Jobs irgendwas mit einem machen wollen, meine ich.
Ach so ...
-1
-1
-1
MMPF ...
-552
Das verstehe ich.
MACH ALLES NOCH MAL!
SHIRASE AM ANFANG
Du verstehst das?!
Aber das Schlimmste daran ist, dass es an ihm irgendwie cool wirkt!
Ihm geradezu steht, mein ich!
Da bin ich voll und ganz bei dir.
DU SCHAFFST ES WIRKLICH IMMER WIEDER, SHIRASE.

Ich war überrascht, wie umgänglich er geworden ist!
Vielleicht stimmen die Gerüchte, dass er vergeben ist?
Pfrr!

GLITZER
GLITZER
Es ist wahr?!
GLITZER
Äh ...
Schä...
ESCHE?
Schätze schon, ja ...
Du hältst das für wahr-scheinlich?
Shi...
Shi-rase!
Hast du gesagt, dass du in einer Be-ziehung bist?
Ja.
DIE GERÜCHTE VERBREITEN SICH WIE EIN LAUFFEUER!

Wie... wieso?
Wieso ... nicht?
Wenn ich mit Mitarbeiterinnen Zeit verbringe, wirst du doch eifersüchtig.
Daher wollte ich verbreiten, dass ich schon vergeben bin.
Wir erinnern uns (aus dem letzten Kapitel im Vorband):
Aber dass ich sogar auf eine Kollegin eifersüchtig bin ...
VERBEUG
Tut mir leid, dass ich da so ein Fass aufmache!
Ngh ...
Sorry!
Ach, mich macht das ja froh.
Aber die Kolleginnen sehen aus, als würden sie auf die Barrikaden gehen, falls ich ihnen nichts erzähle ...
Hashimoto weiß doch bestimmt, mit wem Shirase zusammen ist!
FLÜSTER
FLÜSTER
FLÜSTER
STARR
FLÜSTER
FLÜSTER
Ich hab Angst, dass es mir irgendwann rausrutscht ...
Ich finde es nicht schlimm, wenn sie wissen, wer mein Partner ist.
Aber überall rausposaunen muss ich es auch nicht.
Was? Nein, das geht nicht!
Keiner unserer Mitarbeiter würde Stunk machen, falls das rauskommt.
Nicht in unserer Abteilung!
Das denke ich auch, aber darum geht es mir nicht ...

... sondern darum, wie gewappnet ich dafür bin ...
ICH MUSS MICH MENTAL DARAUF EIN-STELLEN ...
... MICH DEINEN PARTNER NENNEN ZU KÖNNEN.
Ge-wapp-net?
Na ja, wir können es gerne so machen, wie du willst.
Wenn du nach meiner Beziehung ge-fragt wirst, sag einfach nichts Konkretes.
Ich versuche es ...
Aber ich kann aus dem Stegreif schlecht lügen. Ob das so gut klappt ...?
Kannst du nicht ein-fach die Wahr-heit sagen, aber schwammig?
DIE WAHRHEIT, ABER SCHWAMMIG ...
?
Ich weiß nicht, warum, aber wenn die Liebe in meinem Umfeld so sprießt, sehne ich mich auch ein bisschen danach.
In deinem Umfeld?

Ja, ich habe gestern mit Ren darüber gesprochen.
LIEBES-GESCHICHTEN VON REN ...
Ach so, deswegen.
Wie viel hat er ihm erzählt?
SCHWITZ
Ist Kumada eigentlich immer noch in mich verliebt?
SCHWITZ
SCHWITZ
Hashimoto, hast du Shirases Herzblatt schon mal gesehen?
Nein ...
Also meine Vorstellung sieht so aus!
QUETSCH
Es ist jemand, der im Job richtig was auf dem Kasten hat!
STECH
Dazu noch ein richtiger Familienmensch!
OH!
STECH
Der es schafft, beide Seiten in sich zu vereinen!
STECH

Ich glaube ... die Person könnte unspektakulärer sein, als du denkst ...
So werde ich niemals bereit dafür sein, als Shirases Partner vorgestellt zu werden ...
Oh, dann hast du sie also doch gesehen!
HAT SICH DAS EIGENE GRAB GESCHAUFELT ...
Wie haben sie sich kennengelernt?
Einfach schwammig antworten ...
Anscheinend im Internet.
Über ein Videospiel?!
Genau ...
Das kommt in letzter Zeit echt oft vor!
?
Ist sie älter? Oder jünger?
Jünger.

Oha! Was für ein Mensch ist sie?
Argh, das ist am allerschwersten zu beantworten!
Wirklich stinknormal ...
Sag schon, irgendwas weißt du doch!
FREU
FREU
WOHER ...
... sollte ich denn ...?!
FWOSCH
FWOSCH
Ich finde gerade das so putzig an dir.
Sie ist ...
... sie ist putzig ...
Ohaaa!

Das war zu viel ...
Mehr ... kann ich dir nicht sagen ...
Oh, na gut.
Sorry, eine Sache noch.
Ist es eine Frau oder ...?
PFRSCHT

Ha... Hashi-moto, alles okay?!
Tatsächlich ist ein Bekannter gerade in jemanden vom gleichen Geschlecht verknallt.
'tschuldige, das hat mich etwas über-rumpelt.
Warum fragst du plötzlich danach?
PATT
PATT
Da dachte ich, bei homosexuellen Beziehungen gibt es sicher auch einige Unsicher-heiten und Sorgen ...
... aber ich habe keine Ahnung, weil ich bisher nur mit Frauen zusam-men war.
Ich habe mich da nicht gut ausge-drückt ... aber ich wollte von vielen verschiedenen Leuten hören, wie ihre Erfahrungen sind.
Kumada ...
Er fragt das auf jeden Fall wegen seinem Bruder, dem kleinen Kumada, Ren! Moment, wie viel Details hat der ihm gegeben?!

Nein, die Sache ist zu heikel, als dass wir einfach ohne den Betreffenden darüber reden könnten!
Sorry, vergiss das bitte!
UWAAH...
SCHWUPP.
/∘ω∘\
Senden
ist n typ

!
Sie sind zwar lange umhergeirrt, bis sie zueinander-fanden ...
... aber jetzt haben sie wohl ein viel-versprechendes Verhältnis.
Ich denke, wenn du das Thema so ansprichst, dass dein Be-kannter sich nicht so fühlt, als müsste er sich gleich rechtfertigen, klappt das sicher.
IST ALLERDINGS NUR MEINE PERSÖNLICHE MEINUNG!
TR ÄN
Ha... Hashimoto ...
Danke schön!
Nicht doch.
Bei so einem Gesicht kann man nicht hart bleiben ...
WUFF!

Das musst du aber geheim halten, ja?
DAS SUBJEKT DER GANZEN GERÜCHTE
JA!
Brauchst du mir nicht zweimal sagen!
Ach ja, ich würde gerne mein Aussehen ändern ...
START-AVATAR
Dein Aussehen, okay ...
Shirase, es tut mir leid!
DO
MM
Mir ist vorm älteren Kumada so viel über deine Beziehung rausgerutscht ...
... er weiß jetzt sogar, dass du mit einem Mann liiert bist!
UGH ...
KOMM. DU MUSST DICH NICHT ENTSCHULDIGEN.

Ich sagte doch, es kann ruhig raus-kommen.
Mir macht es nichts aus, wenn jemand davon er-fährt.
GUTER DINGE
Du bist ein Hei-liger …
Nein.
Ich bin dein Partner.

Und du solltest dir selbst klarmachen, dass du meiner bist!
Ich ...
Ich werde mir Mühe geben ...
REFLEKTIERT DAS GESPRÄCH ...
Ich hab ihn in der Mittagspause vielleicht etwas zu viel ausgequetscht.
Das war nicht so nett, sowohl gegenüber Shirase als auch gegenüber Hashimoto.
Aber ich bin froh, dass ich es erfahren habe ...

Ich wüsste zu gern, wer Shirase in seine Fänge bekommen hat!
Was ist das wohl für ein Mensch?
Ein Gaming-Freund, jünger als er ... und putzig.
22 : 18
Ren
Komm her!
Gelesen 21 : 52
ich schlafe 21 : 53
Jetzt schon?!
Gelesen 21 : 53
Ren!
Gelesen 21 : 58
Gute Nacht♡
Gelesen 22 : 07
...
Hm?
Das trifft doch auf ...
Nein, das kann nicht sein!
Aber ...

SEIN SCHWARM:
• GAMING-FREUND
• ARBEITET
• HÄNGT SICH IM JOB REIN
• EIN MANN
• MIR MIT HOHER WAHR-SCHEINLICHKEIT BEKANNT
?
SEIN PARTNER:
• GAMING-FREUND
• JÜNGER ALS ER
• PUTZIG
• EIN MANN
?
Das stimmt perfekt überein!

...
Wenn ich mit kühlem Kopf darüber nachdenke ....
#22
SCHWITZ
... als es darum ging, dass Shirase einen gleichgeschlechtlichen Partner hat, oder?
... hätte ich ihm wohl erzählen sollen, dass ich es bin ...
SCHWITZ
SCHWITZ
SCHWITZ
SCHWITZ
SCHWITZ
TIPP TIPP
HILFT IHM GERADE BEIM HOCHLEVELN
LEVEL UP
Argh, was soll ich tun?
Soll ich das jetzt noch ansprechen?
SCHWITZ
SCHWITZ
SCHWITZ
SCHWITZ
Oder sollte ich das besser IRL mit ihm besprechen?
Wenn wir mal wieder gemeinsam Pause machen.
SCHWITZ
SCHWITZ

HM ...
...
sry. mir ging nur grad was durch den kopf
Was Schlimmes?
DU SCHREIBST KAUM IM CHAT ...
Hast du grad was zu tun?
OH!
nein, bin da
gar nicht, mir gehts gut!
FWUPP
Das freut mich!
hast du inzwischen ne FA an deinen bruder geschickt?
LETZTE WOCHE
ICH FÜGE REN ZU MEINEN FREUNDEN HINZU ...
... UND WIR MACHEN GANZ VIELE QUESTS ZUSAMMEN!
Sorry, dass ich dich zum Hochleveln mitgeschleppt habe. (´･ω･`)
kein ding, hab auch spaß dran! hehe

Ich hab ihm nur gesagt, dass ich es jetzt auch spiele …
aber?
Er hat nichts außer „Aha …?“ dazu gesagt!
AHA …?
Schmoll
…
Ich will erst mal stärker werden.
Danach frage ich ihn, ob er mich als Freund adden will!
LOS GEHT'S!
KLATSCH
KLATSCH
dann immer ran an den speck!
würde dir empfehlen, erst mal bei den physischen jobs auf einen höheren rang zu kommen
Vielen Dank für deine Anleitung! (˶ᵔ ᵕ ᵔ˶)

In letzter Zeit ...
... machst du viel mit dem großen Kumada.
Der große Kumada.
Er hat vor Kurzem neu mit RFO angefangen.
Ich helfe ihm gerade beim Hochleveln.
Ach so.
Er hätte gern ... dass er im Game zusammen mit seinem Brüderchen viel Spaß haben kann.
LOL!
Bisher war dessen Reaktion wohl eher unbefriedigend.
Jetzt hat er sich in den Kopf gesetzt, ihn als Freund zu adden, wenn er stärker geworden ist!
Oha.

Warum addest du ihn nicht als Freund, Shirase?
Er meinte, ihn würde interessieren, was für einen Avatar du im Spiel hast!
...
Warum nicht. Wenn es sich ergibt.
Danke fürs Essen.
Ich gehe ins Bad.
KLATTER
Äh, klar.
Bis dann ...

...
Mh ...
Immer noch stockfinster ...
Wie spät ist es?
GUWÄÄH
Egal, ist doch Samstag, oder ...?
Da kann ich weiterschlafen.

...?!
BWOSCH
GNH!
KRSCH
AUFSETZ
...?
Wa...
Wa...
Was?!
Warum bist du in meinem Bett?!
...

Sorry, ich war schon so müde.
Zu müde, um es in dein Bett zu schaffen?!
Nicht so laut ...
WAH!
Tut mir leid ...
DIE NACHBARN BESCHWEREN SICH SONST ...
Ist zwar noch früh, aber ich jogg eine Runde ...
Oh, tut mir leid, dass ich dich geweckt habe ...
Moment, jetzt bin ich schuld?
Willst du mitkommen?
Ähm ... heute verzichte ich mal.
Na gut.
BTAMM

7:30 MORGENS
Ich helfe dir.
Danke schön.
9:00 MORGENS
Hm? Ich bin doch heute damit dran ...
Ich helfe dir.
Okay, danke ...
4:30 NACHMITTAGS
STOCKSTEIF
...

04:35 TOKYO
MORGEN
Irgendwie ...
... verhält sich Shirase heute extrem merkwürdig!
Shirase, ist irgendwas passiert?
Was meinst du?
Na ja ...
... du bist viel näher als sonst ...

Ist doch wie immer.
Nein, das ist ganz klar näher als sonst ...
Aber wir sind doch ein Paar!
Sich so nah zu sein, ist da doch nicht ungewöhnlich.
Das ist wahr.

ÄH ...
Also, ich versteh das schon! Ja, ich versteh das.
Für Liebespaare weltweit ist das vielleicht normal.
Aber bei uns beiden ...
MURMEL
MURMEL

MHM
ZUCK
PATT
!
Shi...
Shirase?

Ich ...
... bin in meinen bisherigen Be- ziehungen noch nie eifersüchtig gewesen.
WIRK- LICH?
...
Du warst doch aber mal wegen Yamazaki eifersüchtig, stimmt's?
WIE OFT WILLST DU DAS NOCH HERVORKRAMEN ...
Was?
Äh, ja ...
ERRÖT
Damals schon.

Ich verstehe jetzt völlig ...
... wie du dich gefühlt haben musst.
RATLOS
Auf wen bist du eifersüchtig?
ICH BIN SCHLIESSLICH GAR NICHT SO BELIEBT ...
Den großen Kumada.

Bei den gemeinsamen Pausen seid ihr euch schnell näher-gekommen ...
?!
Wiiie?!
STARR
Aber ich rede mit ihm die ganze Zeit nur über das Spiel!
Wirk-lich ...
...
War ich damit vielleicht zu unsensibel?
...
Nein.
Ich will ja nicht ein-schränken, mit wem du deine Zeit ver-bringst.
Ach, verdammt ...
?

Ich wusste nicht, dass ich so unent-spannt sein kann.
Du hast doch neulich gesagt, dass du froh darüber bist, wenn ich wegen den Kolleginnen eifersüchtig bin ...

Ich glaube ...
... ich versteh jetzt auch, was du damit meintest.
DRÜCK
Hashi-moto.

ZIEH
Uwah!
PLUMPS

KWISH
Shi...
Shirase
...
SST

TRULULULULU
SCHRECK
TRULULULULU
...
TRULULULULU
Ich ...
... glaube, du sollte st rangehen ...
WÄRE BESSER, ODER ...?
SCHWUPP
SETZ

Kumada
TRULULULULU
...
Hallo?
Hallo, hier ist Kumada.
STARR
Ja.
Sorry, hast du einen Moment?
BLICK
...
Geht's um die Arbeit?
Nein, ich wollte über etwas Privates sprechen.
Besser gesagt, dich etwas fragen.

Ich habe gehört, dass du in einer Beziehung bist.
Ja.
Das weißt du sicher von Hashimoto.
?!
Ja, ich habe ihn gefragt.
Ich wollte noch etwas darüber wissen, nämlich ...
Ja, es ist wahr, ich bin mit einem Mann zusammen.
Ähm, also, das habe ich nicht angezweifelt.
Ich wollte mich nur vergewissern, wer dein Partner ist.
?

Kann es sein, dass es ...
... jemand ist, den ich kenne?
Jemand, der mir sogar recht nahesteht?
?

...
Ja.
Wahr-scheinlich ist es derjenige, an den du gerade denkst.
Ich denke schon.
überrascht dich das?
Ja.
WORÜBER REDEN DIE?
Ich war in meinem Leben noch nie so bestürzt.
So schlimm?

Ich wünschte, ihr hättet mit mir geredet, bevor ihr was miteinander anfangt …
Wieso das?
?
Na ja, ich bin erleichtert, dass du sein Partner bist …
JAPP!
Wieso spricht er so über mich?
SHIRASE IST AUCH VERWIRRT …
Du meinst es ernst mit der Beziehung, ja?
Selbstverständlich.
…
Kumada?
Ja, bitte verzeih!
Ich denke, ich kann das mit euch beiden gutheißen.
!
OH. DIE INFOS ZUM EVENT SIND DRAUSSEN!

Wenn ich etwas für euch tun kann, sag gerne Bescheid.
Halt dich da nicht zurück!
Wieso?
Danke schön.
Tut mir leid, dass ich dich so aus dem Nichts angerufen hab. Wir sehen uns in der Firma!
Bis dann.
Ähm ...
ZÖGER
Ich hab hier und da Satzfetzen gehört, die danach klangen, als hätte das Gespräch mit mir zu tun gehabt ...
Der große Kumada hat gecheckt, dass wir beide zusammen sind.
Wie?!
Das ist meine Schuld!
Und ich musste es nicht mal aussprechen.
ICH HÄTTE SAGEN SOLLEN, DASS ICH ES BIN!
UWAAAH!
Mir macht das eigentlich nichts aus ...
...
Shirase?

Er hat gesagt, er würde unsere Beziehung gutheißen.
Ich war doch schon eifersüchtig auf ihn.
Und dann so etwas von ihm zu hören ...
Pffft.
STARR
Wegen so was zerbricht sich Shirase den Kopf!
Tut ... tut mir leid!
Schon gut.

Nach der Unterbrechung sind wir damit wohl durch.
Unter-bre-chung?
AH!
Wollen wir heute Abend irgendwo essen gehen?
Gerne!
Oh!
HM ...
Was magst du denn?
Ich würde gerne mal zu diesem ...
... Laden mit ...

... dem Rindfl...
...mhm ...
Das hast du davon, dass du vorhin gelacht hast.
?!
Und?
Was wolltest du sagen?

Rind...
Rindfleisch auf Reis ...
Dieser Hottie bringt mich noch um!
Ist das wahr?
WIEDER EXTREM BESTÜRZT, WENN ER SICH ZURÜCKERINNERT.

dein großer bruder ist jetz voll im bilde, was unsere beziehung angeht ...
oh nee, echt jetzt?
rly
er weiß jetzt alles
#23
jedenfalls ist das jetzt raus. also falls du nach was gefragt wirst, musste nix geheim halten!
okaaay ist notiert
sry wenn er euch genervt hat
mir ist vor ihm aber auch was rausgerutscht
?!
was denn?
nee, das war gar nich das problem, aber seine intuition ist krass gut. war echt gruselig

PFFRT
Dieser Schwarm, von dem du neulich geredet hast – könnte es sein, dass der bei mir in der Firma arbeitet?
in wen ich ...
WAH!
SEIN SCHWARM
PARTNER DES SCHWARMS
?
Unabhängig davon, ob er es weiß oder nicht, vor seinem Partner zuzugeben ...
... dass ich in ihn verliebt bin, ist nicht die feine Art, oder?
ach egal
eigl war da gar nix
HÄ?
jetzt bin ich aber neugierig!
VERDÄCHTIG ...
SAG SCHON!

ganz ehrlich, dass lachsis bruder schon ein jahr nach firmeneintritt im ausland ar-beiten sollte, ist krass ... der muss richtig was draufhaben
Japp, hat er. Und ein Händchen für gute Kommunikation.
der war schon immer so schlau ... obwohl er ... speziell ist
TÜDELÜ!
HATSCHI!
※ HAT GAR NICHTS GEMERKT
sorry das ich das gespräch so abwürge, aber muss gleich off, noch bisschen was einkaufen
heute abend bin ich wieder da
kein ding! (`・ω・´)
Ich geh bei der Bank und im Buchladen vorbei, brauchst du irgendwas?
Nein. Brauchst du den Wagen?
Geht ohne. Bis später!

Zuletzt online vor 10 Minuten
0/3
Manno ...
... das Item taucht bei mir gar nicht auf.
Bin ich in den falschen Gebieten unterwegs?
Ich frag mal Hashimoto ...
Oh nein, er ist gerade off gegangen!
aaaaa
Zuletzt online vor 10 Minuten
Ich kann doch auch im Overworld-Chat fragen!
-20
Entschuldigung!
Surimi

Kann ich euch eine Frage stellen?
salted salmon
UMA
klar schieß los
die droppen manchmal wenn du die seltenen schleime besiegst die unter dem baum da spawnen
Und ich hab die ganze Zeit auf der anderen Seite gesucht …
ACH SO …
Gibt es hier denn gar keine Feenfrüchte?
doch die kannst du hier finden

Lachsi! Lass uns Surimi doch bei ein paar Quests unter die Arme greifen!
find ich gut
Was? Das würdet ihr echt machen?
Bist du noch ganz neu?
Ja, deswegen versteh ich vieles noch nicht.
SELTENER SCHLEIM
STÄRKER ALS GEWÖHNLICHE FORMEN
SPAWN-RATE 20 %
GOLDFARBEN
Klar doch! (^ ^)
Vielen Dank euch!
surimi, du bist ja echt mega lolig
Bin ich das?

Ich habe heute am härtesten lachen müssen, als du einen Gegner mit mir verwechselt hast und zu ihm gestürmt bist!
HEY, UMA!
LOL
FREU
ich hab mir da auch den arsch abgelacht ey
LOLOL
Aber ihr lacht mit mir, nicht über mich, ja …?
LOLOL
FREU
LOLOL
LOL
Ich werde zwar ganz schön aufgezogen …
DIE QUESTS LAUFEN WIE AM SCHNÜRCHEN!
… aber ich scheine zum Glück an liebe Leute geraten zu sein!
Wenn das so weitergeht, kann ich sicher auch bald Ren als Freund adden!
Echt gut, so wird meine FL auch schön voll!
aaaaa
Zuletzt online vor 10 Minuten
salted salmon
Online
UMA
Online
…
wollen wir uns als freunde adden?
Sie wollen mich als Freund hinzufügen?! Ja, bitte!

IRL!!!
scheint dich ja richtig anzufixen was
Ihr seid so vertraut miteinander, kennt ihr euch schon lange?
Anderthalb Jahre vielleicht?
manchmal treffen wir uns auch irl
Wie sind IRL–Treffen so?
Ich war noch nie auf einem IRL–Treffen, aber klingt interessant!
Ich mache so was auch kaum, aber Lachsi geht öfter zu welchen.
meistens sind das gilden–events aber manchmal verabrede ich mich auch mit einzelnen leuten!

unser gildenmeister macht da immer eine super orga also bringt es richtig fun!
GILDENMEISTER
auch die 1-on-1-treffen sind cool aber ab und an gibt's leute mit denen es etwas krampfig wird
Kann aus so einem IRL-Treffen auch Liebe entstehen?
klar kann das passieren!
und das hat nichts damit zu tun obs mit irgendwem passt oder nicht, es gibt nur einfach leute, mit denen man online leichter labern kann!
Oh, stimmt!
UMA istn paradebeispiel dafür
ein bekannter von mir hat sich auch darüber wen geangelt!
Woah!

Es geht gar nicht um mich, ich habe mich nur dafür interessiert, weil mein kleiner Bruder seinen Partner wohl über so ein Treffen kennengelernt hat!
asooo, na dann
aber es gibt auch leute die es abtörnt wenn jemand nur an irl–treffen teilnimmt um die große liebe zu finden …
AH …!
so was ist nix ungewöhnliches mehr!
innerhalb von gilden kommt das oft vor
Und ich kenne seinen Schwarm auch noch persönlich …
Oje, klingt ganz schön vertrackt.
Aber mein Bruder ist Student, sein Herzblatt zehn Jahre älter als er und Angestellter. Deswegen mach ich mir ein bisschen Sorgen.

ich hoffe dein bruder und sein freund werden glücklich!
BWAAAH
Die Welt ist echt klein ...
EINE ROMANZE ZWISCHEN EINEM STUDI UND EINEM ANGESTELLTEN, DIE SICH IN EINEM VIDEOSPIEL GEFUNDEN HABEN
Kommt mir bekannt vor.
wenn du die beziehung zu viel kommentierst wird dir das dein bruder übel nehmen
SCHAUDER
Ich denke auch, solange sie es ernst meinen, sollte man nicht dazwischen-grätschen.
Ja, da habt ihr wohl recht. Zu dem Schluss bin ich eigentlich auch schon gekommen ...

Du musst dich natürlich nicht dazu zwingen.
Ich sollte sie also unterstützen …
DA IST ER WIEDER!
HUCH?
Surimi? Hallooo?
ist dein inet weg?
Das wird schon gut gehen, sobald dem Herz bewusst wird, was der Kopf schon weiß.
SCHNIEF
SCHNIEF
Aber hasst er mich dann nicht?
Kommt ganz darauf an, wie euer Verhältnis ist.
Und wie du es ihm vermittelst!
Du könntest ja offen sagen, dass du das noch nicht hinnehmen kannst, weil dich noch Sorgen plagen.

Du bist ja hier der Einzige, der ihre Persönlichkeiten kennt.
Es kommt auf unser Verhältnis und ihre Persönlichkeiten an?
REIB
REIB
Ehrlich gesagt kenne ich Shirase dafür überhaupt nicht gut genug.
Ich hatte ihn eher für stoisch und unterkühlt gehalten.
...
Genau deswegen mache ich mir ja solche Sorgen!
Aber Shirase scheint inzwischen ja umgänglicher geworden zu sein.
LEVEL UP
Und er wäre eher nicht der Typ, der sauer wird, nur weil ich seine Beziehung nicht gutheiße.
Das Problem ist jedoch ...

... dass ich Shirase gesagt habe, ich würde dahinter-stehen!
SCHWITZ
SCHWITZ
SCHWITZ
SCHWITZ
SCHWITZ
SCHWITZ
SCHWITZ
SCHWITZ
Da würde Hashimoto mir doch auch den Vogel zeigen.
Und Shirase habe ich in meinem Eifer sogar versichert, er könnte mich jederzeit fragen, wenn irgendwas ist.
Ich kann doch nicht so plötzlich meine Meinung ändern.
UWAAARGH!

Und aus diesem Eifer heraus habe ich ihn auch zum Mittagessen eingeladen!
Jetzt kann ich alle Karten offen auf den Tisch legen!
WIDER ERWARTEN IST ER SOFORT DARAUF ANGESPRUNGEN ...
Mittag? Okay.
Wirklich?
So eine Chance bekomme ich nicht alle Tage.
Okay! Raus damit!
DAS ESSEN IST LECKER HIER.
Ich sage ihm, dass ich die Beziehung nicht unterstützen kann ...
... weil mich noch Zweifel plagen. Es hat nichts damit zu tun, dass ich ihn nicht mögen würde. Das muss ich ihm deutlich machen.

Sag einfach die Wahrheit.
Bitte glaub an mich, UMA!
MAMPF
MAMPF
Selbst wenn es schlecht läuft, wird es schon keine negativen Auswirkungen auf die Arbeit haben.
WIR SIND JA IN VERSCHIEDENEN ABTEILUNGEN.
Kumada.
Ja?!
Hashimoto hat mir erzählt, dass du mit RFO angefangen hast.
Ja, hab ich! Mein kleiner Bruder Ren spielt das auch.
Ich war echt baff, als ich gehört habe, dass ihr euch über das Spiel kennengelernt habt!
Ja.

Die Welt ist wirklich klein.
Was für ein sanfter Ausdruck auf Shirases Gesicht ...
KENNT SHIRASE NUR AUS SEINER ANFANGS-ZEIT
An wen denkt er gerade?
MIT IHM HAT ALLES ANGEFANGEN!
MAMPF MAMPF
Hast du dir nicht gedacht, dass Ren mein kleiner Bruder ist, als ihr euch gesehen habt?

Mir ist aufgefallen, dass ihr den gleichen Nachnamen habt, aber ich dachte, das wäre Zufall.
Dafür, dass ihr Brüder seid, ähnelt ihr euch kaum.
Ja, nicht wahr?!
ZUCK
Hashimoto meinte, wir würden uns ähneln. Ich dachte, wie kommt er denn darauf?
Ich dachte mir schon, ihr seht euch irgendwie ähnlich! Gut, dass das geklärt ist.
Echt jetzt?!
Mir wird eigentlich immer gesagt, dass wir uns nicht ähneln. Das ist das erste Mal, dass jemand eine Ähnlichkeit feststellt!
Hashimoto ist wirklich ein eigenartiger Kerl, was?

Sorry, wenn ich einmal aufgeregt bin, komme ich nur schwer wieder runter ...
Nicht schlimm.
Du und Hashi...
...
WENN ICH JETZT FALLEN LASSE, DASS HASHIMOTO UND ER ANSCHEINEND MEHR ALS GUT MITEINANDER AUSKOMMEN, KLINGT DAS DOCH, ALS WOLLTE ICH DEM GANZEN EINEN RIEGEL VORSCHIEBEN, ODER NICHT?
KANN ES AUCH NICHT WIRKLICH VERLEUG-NEN.
?
Ach, nichts ...
HAACH ...
ICH BIN SO UNENT-SPANNT ...
Hm? Was ist los? Alles okay?

Hashimoto ist ein lustiger Kerl, oder?
Man kommt leicht mit ihm ins Gespräch!
Das ist wahr ...
?
Aber sag mal ...
Ähm, ja.
Tatsächlich hatte ich das vor.
... hast du mich nicht zum Mittagessen eingeladen, weil du mit mir über irgendwas reden wolltest?
ÜBER ETWAS ANDERES.
SCHLUCK
Sorry, dass ich noch mal davon anfange.
Also ...

… bei unserem Telefonat neulich …
…
Ich sage es dir jetzt ganz unverhohlen.
Ich kann diese Beziehung nicht gutheißen.
Entschuldige, dass ich so große Töne gespuckt habe, es wäre alles gut und du könntest dich mit Fragen an mich wenden. Tut mir wirklich leid!

Bitte versteh mich nicht falsch, meine fehlende Unterstützung hat nichts damit zu tun, dass ich dich nicht mögen würde oder so was!
Im Gegenteil, ich hege große Sympathien für dich!
WEDEL
WEDEL
WIRKLICH!
Aber wieso dann?
Er ...
DRÜCK
... ist mir sehr wichtig.
Deshalb kann ich das nicht sofort akzeptieren.

Du ...
So ist das eben!
KLATTER
Tut mir wirklich leid.
Soll das etwa heißen ...
Ich gehe. Bis dann!
Hey, Kumada!
TRAB
VERLASSEN

Heißt das, er ist in Hashimoto verliebt?
Ich hätte doch den Riegel vorschieben sollen.
Erst habe ich das Thema vermieden, weil es mir so unangenehm war.
Aber dann habe ich es geschafft, es offen anzusprechen, UMA!
ERLEICHTERT

In letzter Zeit ...
... benimmt sich Shirase merkwürdig.
#24
Zu Hause ist zwar alles wie immer ...
... aber auf der Arbeit ist er irgendwie ...
... komisch.
Neulich erst ...
TIPP
TIPP

Hashimoto!
Ja?
KLATTER
Bring diese Unterlagen in Abteilung drei und ...
Da arbeitet Kumada.
...
?
Ich muss sie nur hinbringen, ja?
Vergiss es.
Kopier das hier lieber. Ich brauche alle Unterlagen bis Mittag.
Ähm, okay!

Hanamura, bring das in Abteilung drei.
Jawohl.
?
Es scheint sonst keine Auswirkungen auf die Arbeit zu haben.
Er wirkt nur öfter so, als wäre er mit den Gedanken woanders ...
Für jemanden wie Shirase, der sonst seinen Job teuflisch gut macht, ist das ungewöhnlich ...
Sehr unge-wöhnlich sogar!
Macht die Arbeit ihm vielleicht Probleme?
...

Mann, wenn es wirklich das ist, kannst du dich doch bei mir aus-heulen!
Auf Arbeit sitzen wir doch im selben Boot ...
TOCK
TOCK
Ich weiß, dass ich viel-leicht nicht die richtige Anlaufstelle für so was bin ...
... aber trotz-dem!
Hashimoto, kannst du eine Kopie davon machen?
Na klar.
Danke!
Ist es etwas, das er nur schwer mit mir teilen kann?
Könnte es sein ...

... dass
er ...
... kündigen
will?
Nein, nein, nein, als ob!
Ist zwar uncool, dass man auch mal an freien Tagen arbeiten muss, und manche Vorgesetzte sind gewöhnungsbedürftig, aber alles in allem ist das ein anständiger Betrieb.
Allerdings könnte es sein, dass Shirase seine Ziele höher gesteckt hat ...
Zumindest könnte er Höheres erreichen.
Wenn es so was ist, kann er das vor mir sicher nur schwer ansprechen.
...
WÜÜÜB
WÜÜÜB

Na ja!
Ist ja noch nichts in Sack und Tüten mit Jobwechsel und so.
...
...
Shirase verhält sich komisch?
Aber so was von ...
REGELMÄSSIGES TREFFEN
Und das ... Komische ist ... na ja ...
Auch wenn du dir über die Ursache noch unsicher bist ...
... hast du vielleicht irgendwas getan, was ihn auf die Palme bringt?
Was?!
Nein, habe ich ni...
...

DERSELBE TYP, DER KUMADAS GESTÄNDNIS FÜR EINEN VERSUCH HIELT, IHN FÜR EINE ANDERE GILDE ANZUWERBEN
...cht, glaub ich ...
Du entwickelst also langsam ein Bewusstsein dafür, was du so anstellst, ohne es selbst zu merken ...
MAMPF MAMPF
Dieses Mal ist es aber wirklich anders!
Denke ich.
Ich habe nicht das Gefühl, dass er sauer ist.
Außerdem verhält er sich zu Hause wie gehabt. Nur auf der Arbeit ist er komisch.
Mhm ...
Könnte es sein ...
... dass er über einen Jobwechsel nachdenkt?
KAM MIR SO IN DEN SINN.
...
Verstehe.

DRISCH
Dann wird er umziehen.
DRISCH
Und das zwischen euch wird eine Fernbeziehung!
Eine Katastrophe ...
DRISCH
... ist vorprogrammiert, fürchte ich ...
DONG DONG
DOOOONG
Kumada ...
SCHLUCK
Mit deinem Scharfsinn könntest du jetzt schon einen festen Job anfangen ...
Danke.
Aber warum kommst du mit der Sache zu mir?
ALSO MIT DIESER ART VON PROBLEM.
Ugh ...
Das tut mir zwar wirklich schrecklich leid, aber ich kenne kaum jemanden, bei dem ich wegen so was Rat einholen könnte.
Ich bin ja auch fest im Job.

Na ja, mir soll es recht sein.
SCHNÜFF
Danke ...
Aber ich denke, es wäre das Beste, wenn du Shirase selbst mal darauf ansprichst.
Das hatte ich auch schon gedacht ...
Warum bist du dir so unsicher?
Danke.
Ach, wenn ich ernsthaft darüber nachdenke ...
... weiß ich nicht, ob ich Shirase damit überhaupt weiterhelfen könnte, sollte er sich mir anvertrauen.
Ich glaube, das ist auch der Grund, weshalb er mir nichts erzählt.
Dass so ein verboten hübscher Kerl, der es im Job komplett draufhat und einer strahlenden Zukunft entgegensieht, überhaupt eine Beziehung mit mir wollte ... das ist ein Rätsel für sich.
MAMPF
MAMPF

Im Ernst ... Warum ist er überhaupt mit mir zusammen?
Du bist ja ganz schön aufgewühlt ...
Lassen wir das Thema heute lieber. Machen wir eine Quest!
Ich erkundige mich auch mal, wie es um diese Sache steht.
Ich kann bei Shirase und meinem Bruder nachfragen.
Atsushi arbeitet ja auch da, vielleicht weiß er etwas!
Du bist ein wahrer Engel ...
Und die Materialien, die dein Engel gerade braucht, sind ...
Ich lauf mit dir alle Gebiete ab.
So ist's recht, danke!

PLAPPER
TRUBEL
Hallo!
Aha-ha!
Meine Freundin hat dann ...
Aber ich darf mich nicht zu sehr auf Kumada verlassen!
Hashimoto, da drüben ist noch frei.
Ich muss auch selbst etwas tun.
Haha!
PLAPPER
Grüß dich!
WAS HAST DU GENOMMEN?
TAGESMENÜ A.
PLAPPER
KLATTER
Ähm, Shirase ...
... ist in letzter Zeit irgendwas anders auf der Arbeit?
Hat dich jemand darauf angesprochen?
Ähm, nein.

...
BLICK
Das nicht, aber ich ...
... wollte dir sagen, dass du ruhig mit mir sprechen kannst, falls dir etwas auf dem Herzen liegt. Also ...
Es gibt nichts, was ich mit dir besprechen müsste.
DA
DAMM
Dann entschuldige, dass ich so komisch nachgefragt habe!
Nicht doch.
Ich hatte es ja schon geahnt ...

Ach ja, hast du die Infos zum neuen RFO-Event gesehen?
Ja, die neu implementierten Waffen sehen gewaltig aus.
Total!
HAMM
HAMM
Ich werde die alle so was von maxen!
FREU
Ich hoffe, das sprengt nicht dein Budget.
FREU
Sag doch so was nicht, das macht mir Angst ...
...
Ich dachte, ich hätte es geschafft, ihm etwas näherzukommen ...
... weil ich in letzter Zeit meinen Job auch besser auf die Reihe kriege ...
... aber er wendet sich mit keinem einzigen Problem an mich.
Da habe ich mich wohl zu früh gefreut.
Unangenehm ...

Jetzt ist schon eine Woche vergangen ...
... und ich bin keinen Deut schlauer.
Nach wie vor verhält sich Shirase auf der Arbeit ein wenig seltsam ...
Das ist doch für Abteilung drei!
Ich muss da eh was erledigen, ich nehm's mit.
Hm? Okay, dann ... danke dir ...
SSHHT
... aber zu Hause wie immer ...
Und, hast du eine neue Waffe bekommen?
Na ja ... eine gute nach den ganzen Pulls ...
HART AM FAILEN
PLING
PLING
Von Kumada ...

19 : 32
3 Ren
wegen der sache neulich
es könnte sein, dass
19 : 32
3 Ren
wegen der sache neulich
es könnte sein dass mein bruder was weiß
als ich ihn danach gefragt habe war er voll angespannt
Hä?
en der sache neulich
es könnte sein dass mein bruder was weiß
Moment, also ...
nach gefragt
voll angespannt
er ist aber ausgewichen als
konnt ich nicht mehr rausfi
... hat Shirase seine Sorgen ...
... dem großen Kumada anvertraut?

Maaann, was soll das denn?
Er meinte doch, mit mir hätte er nichts zu besprechen.
Aber mit Kumada schon, obwohl er in einer anderen Abteilung ist?
...
Nein ...
Das ist gar nicht so ungewöhnlich.
Als würde man direkt alles mit seinem Partner bereden wollen!
Je nach Thema sind andere Leute bessere Ansprechpartner.
...
KATSCHACK

Du bist ja zu Hause, Hashimoto!
Guten Abend.
Schön, dass du wieder da bist ...
Hast du grad einen Moment? Ich wollte mit dir reden.
...
?
Hashimoto? Geht es dir nicht gut?

FWUPP
SCHNÜFF
Hashimoto, was ist denn passiert?
Sorry, es ist eigentlich alles okay!
Von wegen alles okay.
Fühlst du dich krank?

Nein, ich bin gesund.
Sind nur die Auswüchse meiner Erbärmlichkeit und meiner sonstigen Charakterschwächen.
Wie bitte?
Jetzt sag doch, was los ist!
Nichts, wirklich ...
Wenn du nichts sagst, kann ich es auch nicht verstehen!
„Wenn du nichts sagst, kann ich es auch nicht verstehen!"
„Wenn du nichts sagst, kann ich es auch nicht verstehen!"
„Wenn du nichts sagst, kann ich es auch nicht verstehen!"
„Wenn du nichts sagst, kann ich es auch nicht verstehen!"
Hä ...?
Hm?

DRÜCK
Aber du ...
... du verlierst doch selbst kein Wort darüber, was bei dir abgeht!
SCHPRRT
?!
Mag schon sein, dass ich zwar dein Partner, aber zu nichts zu gebrauchen bin und du deswegen deine Sorgen nicht mit mir teilen willst!
ÜHH ...
ÜHH ...
ÜHH ...
H... Hashimoto ...

Aber selbst ich kriege mit, wie komisch du dich in letzter Zeit verhältst!
Und wenn dich etwas so sehr be-drückt ...
... kannst du doch wenigs-tens ...
... ein bisschen davon bei mir ab-laden ...
...

Sorry.
Ich wollte dich damit nie verunsichern.
Es ist wirklich nicht so, wie du denkst ...
Wie sag ich das am besten ...?
?
...
Ich weiß, dass jemand anders auf der Arbeit in dich verliebt ist, und deswegen bin ich so nervös.

...?
Ich habe doch gesagt, dass ich so unentspannt bin, wenn es um dich geht.
SCHNÜFF
...
HACH ...
Was für ein Mist ...
... das ist so daneben von mir.
Also ... dann ... willst du ...
... gar nicht den Job wechseln ... oder so was?

Wie schön ...
Es tut mir wirklich leid ...
Nein! Muss es nicht!
Ich muss mich eher entschul-digen.
Das ist doch alles nur wegen meinem eigenen Miss-verständnis so außer Kontrolle geraten.
BOAH ...
... DAS IST SO UNANGENEHM!

Der kleine Kumada war heute am Telefon echt sauer.
Was?
Der versteht es schon kaum, wenn man es in Worte fasst ...
... also ist es umso wichtiger, dass du es ihm ausführlich erklärst!
Meinte er.
Kann es sein, dass Kumada eigentlich der Reifste in dieser Runde ist?
Das ist er.
Du ... musst dir keine Sorgen machen.
?

Ich glaube ... nein, ich bin mir sicher, dass ich dich ...
... noch viel mehr liebe, als du denkst, Shirase.
Und auf der Arbeit könnte mich nie jemand verführen.
...
?
Shira...
SCHMATZ

?!
Lass dich nicht heiß-machen.
Was?! Da ist nichts „heiß“!
Der Einzige, der mich heiß-machen kann ...
... bist nämlich du.
VERSTECK
...
KANN ...
Kann es sein, dass er ganz schön in mich verschossen ist ...?

SIEBEN STUNDEN ZUVOR
Jetzt sag schon!
Shirase verhält sich in letzter Zeit seltsam.
Und du weißt den Grund dafür, stimmt's?
I… ich weiß gar nichts …
Du klingst aber wie jemand, der so was von Bescheid weiß!
Warum willst du es nicht sagen?
Hat Shirase dich gezwungen, nichts zu erzählen?
Nein, gar nichts in der Richtung …

Wenn ich es sage, rastest du nur aus ...
Hm? Ich soll ausrasten?
WIESO?
Na ja, ist doch auch egal!
Von deinem großen Bruder wirst du jedenfalls gaaar nichts hören! Tschüssi!
BZZT
Hey, hallo?!
Atsushi Kumada
Anruf beendet
Scheiße ...
Ich soll ausrasten? Was soll'n das jetzt heißen?
Ist ihm vor Shirase etwa was über mich rausgerutscht?
DANN WIRD DIE SACHE VERZWICKTER ALS GEDACHT ...

Tut mir echt leid, wenn mein Bruder diese Misere ausgelöst hat ...
TIPP TIPP
TRULULU
SHHP
Ich frag besser auch bei Shirase nach.
ER SOLLTE NOCH IN DER PAUSE SEIN.
Ja?
Hallo, hier ist Kumada.
Sorry für den plötzlichen Anruf. Kannst du reden?
Ja. Was gibt es denn?
Hashimoto hat mir erzählt, dass du dich in letzter Zeit etwas seltsam verhältst.
...
Ist irgendwas passiert?
Er macht sich schon Sorgen.

Nein, gar nichts.
Wirklich?
Der versteht es schon kaum, wenn man es in Worte fasst ...
... also ist es umso wichtiger, dass du es ihm ausführlich erklärst!
DAS IST WAHR.
...
Kann es sein ...
... dass mein Bruder dir irgendwas erzählt hat?

...
Dacht ich's mir doch.
Dann immer raus damit!
Ich werd ihm dafür eins auf den Deckel geben!
HAT GENUG VON DEN SPIELCHEN SEINES BRUDERS
Du musst ihn meinetwegen nicht zurecht-weisen ...
Shirase!
Ja ...
Kumada ... dein Bruder hat erzählt ...
... er sei in Hashimoto verliebt.
PFFRSCHT

KÖHÖH ÖHÖH
Das ging in die falsche Röhre …
Alles in Ordnung?
GÖHÖH
Ja, alles gut, sorry.
Wirklich, die Sache tut mir ungemein leid …
MEIN BRUDER IST …
…
Jetzt hab ich gesagt, ich würde ihm dafür eins auf den Deckel geben …
ÖHÖH!
… aber darauf kann ich ihn natürlich nicht ansprechen …
Mach dir darum keine Gedanken.

Ja, also immerhin ...
... weiß ich jetzt, was Phase ist.
Und ... ich will auch noch mehr darüber herausfinden.
Aber du solltest Hashimoto besser auch aufklären, was da los ist.
Der Gute ist so bedröppelt, es ist echt bemitleidenswert.
UWÄH ...
?!
Bedröppelt ...?
Ich spreche es direkt an, wenn ich zu Hause bin.
DASS ER ... BEDRÖPPELT IST ...
Das wäre gut, ja.

Verzeih.
Lass gut sein.
So, ich hab jetzt Vorlesung.
Okay, dann viel Erfolg.
Danke. Viel Erfolg auch dir bei der Arbeit, Shirase!
TIPP
...
Hach ...

Fortsetzung folgt!

ERSTER TAG IN DER GEMEINSAMEN WOHNUNG
Bonuskapitel
Wir sollten vielleicht doch getrennte Schlafzimmer haben.
...
Warum sagst du das erst, nachdem wir die Möbel in den Raum getragen haben?

Außerdem haben wir nicht genug Räume für getrennte Schlafzimmer.
Das hättest du schon anmerken sollen, als wir die Wohnung ausgesucht haben.
Ich kann auch im Wohnzimmer schlafen ...
Kommt nicht infrage.
DRÜCK
Was ist denn auf einmal los?
UGH!
Na ja ...
... wie soll ich das sagen ...
...
Ich werde schon nicht nachts meine Finger zu dir wandern lassen.
Finger ...?
Ähm ...

WAH!
Nicht falsch verstehen!
Darum habe ich mir gar keine Sorgen gemacht!
WEDEL
WEDEL
WEDEL
WEDEL
Wieso dann?
Ähm ... also ...
ZUCK
... weil es dir irgendwie peinlich ist?
...

VORBAND, KAPITEL 15V
Aber was ist denn jetzt noch?
Bei der Geschäftsreise haben wir doch auch zusammen in einem Zimmer geschlafen.
Bitte mach nicht so ein Gesicht, als wäre bei mir eh Hopfen und Malz verloren!
Ja, das mag sein.
Aber damals ...
... waren die Situation und unser Verhältnis einfach anders!
STARR
...
Dann bleibt mir wohl nichts anderes übrig.

Ich gebe zu ...
... dass ich jetzt erst an gewisse Sachen denke.
KEIF
Reicht das immer noch nicht?
NGH ...
(HARRT AUS)

Was wäre denn, wenn ich nachts schnarche oder mit den Zähnen knirsche?!
VORSTELLUNG
GU-WÄÄH!
KRR KRR KRR
...
Hast du aber damals nicht.
Vielleicht fange ich heute damit an!
...
Ist es dir dermaßen zuwider, in einem Zimmer ...
... mit mir zu schlafen?
Nh ...
...
Ich hab nichts dagegen!
Bitte, glaub mir das!
Aber ...

... ich kann ...
... diese Sachen nicht mehr ausblenden, und das ist mir so pein-lich ...
Ich will das alles gar nicht ausblenden. Und deswegen mit dir im selben Zimmer schlafen.

Nh ...
Das wirst du bereuen.
Werde ich nicht.
WARUM BEREUEN?
Und wenn du danach sagst, dass es doch besser wäre, getrennt zu schlafen, ziehe ich nicht mehr ins Wohnzimmer!
Das ist kein Problem.
STARR

Nh ...
Dann lass uns gern ...
... im selben Zimmer schlafen!
LOSE
Ja!
WIN
Ende

STOPP!

STOPP! DIES IST DIE LETZTE SEITE!

MEIN GELIEBTER GAMING-FREUND IST MEIN FIESER BOSS?! Σ(•口•) ist ein Manga, und einen japanischen Comic liest man von hinten nach vorne. Auch die Lesereihenfolge der Bilder und Sprechblasen auf den Seiten ist anders als gewohnt: von rechts oben nach links unten.

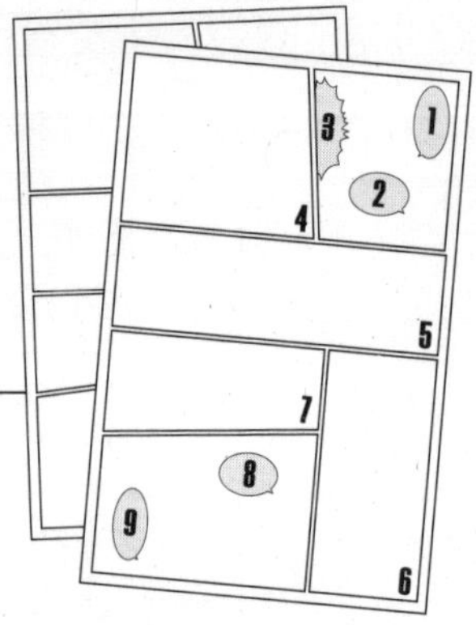

MEIN GELIEBTER GAMING-FREUND IST MEIN FIESER BOSS?! Σ(•口•) 2

von
Nmura

1. Auflage, 2023
Deutsche Ausgabe/German Edition
© Manga Cult, Ludwigsburg 2023
Inh. Andreas Mergenthaler | Verlagsleitung: Luciana Bawidamann

Aus dem Japanischen von Doreaux Zwetkov

Copyright ©2022 Nmura. All rights reserved.
First published in Japan in 2022 by Ichijinsha Inc., Tokyo.
Publication rights for this German edition arranged through KODANSHA LTD., Tokyo.

Programmleitung: Alexandra Grimsehl
Redaktion & Korrektorat: Alexandra Grimsehl
Lektorat: Matthias Höhne
Grafik/Produktionsleitung: Elke Epple
Layout und Lettering: Manga Cult, Datagrafix GSP GmbH, Berlin
Druck: GGP Media GmbH, Pößneck

Alle deutschen Rechte vorbehalten. Nachdruck, auch auszugsweise, verboten. Kein Teil dieses Werkes darf ohne schriftliche Genehmigung des Verlages in irgendeiner Form reproduziert oder unter Verwendung elektronischer Systeme verarbeitet, vervielfältigt oder verbreitet werden.

Print-ISBN: 978-3-96433-836-5

www.manga-cult.de | Mai 2023